숨

도서출판
작가마을

사이펀의 시인들 3

숨

초판인쇄 | 2017년 12월 25일 **초판발행** | 2017년 12월 30일
지은이 | 박 솔 **기획** | 계간 사이펀 **주간** | 배재경 **펴낸이** | 배재도 **펴낸곳** | 도서출판 작가마을
등 록 | 2002년 8월 29일(제 2002-000012호)
주 소 | 부산광역시 중구 대청로 141번길 15-1 대륙빌딩 301호
　　　　　T. 051)248-4145, 2598 F. 051)248-0723 E. seepoet@hanmail.net

국립중앙도서관 출판예정도서목록(CIP)

숨 : 박솔 시집 / 지은이: 박솔. ― 부산 : 작가마을, 2017
　　p. ;　cm. ― (사이펀의 시인들 ; 3)

ISBN 979-11-5606-095-6 03810 : ₩10000

한국 현대시[韓國現代詩]
811.7-KDC6
895.715-DDC23　　　　　　　　CIP2017035096

본 도서는 부산광역시, 부산문화재단 지역문화예술특성화사업으로 지원을 받았습니다.

사이펀의 시인들 3

숨

박 솔 시집

집에 돌아왔다

아직 피어 있는 제라늄

모래시계

조약돌 세 알

보리차가 적당히 식어간다

내 생애 최고의 겨울이었다

(살아 돌아왔으니)

잠시 유튜브 숲속 길로 들어간다

칠월의 냇가로 달려가는

저 소년의 등을 얼른 따라잡고 싶다

풀냄새 그리운 2017. 겨울

박 솔

박 솔 시집

· 차례

004 · 자서

1부   * 1/N

013 · 토마토
014 · 숨
016 · 1/N
017 · 프레스탄*은 비틀거리는 거리를 듣고 있다
020 · 막걸리와 새우깡이 있는
021 · 동물 애호가
022 · 사이프러스 건너편에서 바라본 선인장들
024 · 비어 있는 도시
026 · 안목
027 · 레슬링
028 · 오렌지는 어디로 튈지 몰라 – 신입사원
030 · 제노푸스Xenopus
032 · 야간자율학습
034 · 정원의 형식
035 · 팥빙수
036 · 가만히 흘러나올 것 같은 가지런한 자세로

2부   * 말할 수 없는 비밀

039 • A가 레이노 증후군을 대하는 자세

040 • 말할 수 없는 비밀 – 이다와 다이

042 • 동물원은 아름다워 보인다

044 • 학교폭력예방교실

046 • 이 페이지를 표시할 수 없군요

048 • 필리핀 이주노동자, 릴리루

050 • 여지

051 • 폭설

052 • 차이의 겨울

054 • 갈대

056 • 49묘역 10구역

057 • 임명장

058 • 조장

059 • 폭설 2

060 • 편의점

062 • 알바의 감정

064 • 88 문구점

066 • 복지회관 칸타빌레 – 봄

박 솔 시집

3부   * 코끼리가 아닌

069 · 분홍동백

070 · 봄의 입김

072 · 귀어가

074 · 코끼리가 아닌

076 · 혼밥

078 · 맨드라미

080 · 딸기를 사는 저녁

081 · 블러드문

082 · 식물학교

085 · 시클라멘

088 · 어느 비평가의 가방 속

089 · 원룸

090 · 한정신건강의학과

091 · 앵글의 시간들

094 · 튤립

096 · 각설탕

098 · 댕강나무

100 · 업데이트

숨

4부　　* merry—go—round

103 · 네트 오버

104 · 시체의 손을 싸는 검은 헝겊

106 · 대가야에서 신라로

107 · 월광

108 · 행인들

109 · merry—go—round

110 · 비즈니스호텔

112 · 빙붕

114 · 항상성

116 · 범어사 대웅전 뜰아래 욕망의 실루엣

　　　울퉁불퉁 흔들리는데

118 · 환절기

119 · 사전연명의료의향서

120 · 복지회관 칸타빌레 – 여름

121 · 신원조회

122 · 오죽

123 · 해설 김남영/ 거친 숨결의 시인, 살아있음의 긴 호흡

제1부

제목

토마토

　매번 같은 길을 가거나 같은 메뉴를 고르다가도 때로는 모르는 언덕 위에서 칼바람을 맞고 있다 느지막이 일어난 작은 항구 호세 이그나시오 아침을 입에 물고 먼 바다를 향해 서 있는 제비처럼 남쪽에서 불어오는 따뜻한 숨결을 위해 선원들은 날마다 떠날 채비를 한다 저마다 리모컨을 찾아 나선다 오후의 향기가 아카시아처럼 몰려온다 북적이는 야시장에서 토마토를 고르는 손길에 80%의 초조함과 15%의 여유 기원전 5세기, 고대 그리스 델로스 섬에서는 죽는 것이 금지되었다는데, 울타리 밖에서 자란 사자와 호랑이를 기다린다 아직 돌아오지 않는 목동과 늑대의 안위를 노을 위에서 서성거리는 흰 기러기 함대에게 묻는다 질끈, 입술로 끈을 물고 있는 흔들거리는 파란 트렁크 바퀴는 모르는 언덕을 쓰다듬는다

숨

공장장은 불을 통제하였다
아침은 빠르게 저녁은 느리게

손끝 에너지 장착하고
타이머 목걸이 목에 걸고

숫돌에 힘을 뺄 때 날선 감각이 다가오는 것
넘치지도 부족하지도 않게

북극고래들은 거대한 불의 풍랑을 헤치고

어긋난 철로 앞 가까스로 멈춰 선 기관사처럼
온몸 마른 불을 털어내지 못하고

침팬지들은 여전히 불을 고르며
피 묻은 마스크 벗고 수술실을 나온 의사처럼

오일 향을 머금은 불의 독백은
노간주나무 사과 궤짝을 비추고 있었다

단순한 도넛에도 툭, 툭
누적된 불의 피로가 시계의 흐름을 끊고 있었다

아이들은 불의 가면을 만지작거렸다

1/N

옥수수 껍질 인형처럼 나는 제대로 말할 수 없었습니다 1984년 나폴리 피자 가게에 앉아 가난과 사랑은 숨길 수 없다고 너는 사진 속 풍경처럼 나를 쳐다보았지요 고백하자면 나는 피자 맛을 제대로 모른답니다 물병에 든 로즈마리처럼 너는 말했습니다 우리가 이렇게 마주 본 지 언제였더라 한겨울에 핀 홍매화가 속마음을 아무리 감춘다 해도 그 온기가 뜨뜻미지근할 수만은 없답니다 오이피클이 위장에 신호를 보내도 나는 한쪽으로만 따뜻한 사람 그래요, 지금도 눈에 보이지 않는 눈코입이 중요하다 생각합니다 나는 물속의 작은 나무 자주 흔들리는 부유하는 말미잘 귀에 촉수가 무수히 달린 까르보나라의 솔직함에 뺨이 달아오르기도 하였지요 마지막 연극을 펼친 공범자의 죄책감처럼 화덕은 두텁고 단단해서 곧잘 터질 듯 하지만 문구는 없었어요 뜨거우니 만지지 말라는 이튿날까지 횡경막이 신호를 보내오고 있습니다 삶은 장작처럼 단정하지요 매달리는 삶을 접을 수 없어 레인스틱을 기울이는 웃는 곰처럼 너스레를 떨어보렵니다 창가에 내려앉은 토요일에게 하릴 없이 나를 쏘아대는 햇살에게

프레스탄*은 비틀거리는
거리를 듣고 있다

프레스탄의 밥값은 견디는 것이다

반듯하게 누워 발가락이 이불 밖으로 나와 있는 천식 환
자 옆에서

그가 잠옷을 입고 있어서 다행이라고 생각했다

그는 체크무늬 잠옷을 어루만지는 실습생을 특히 마음에
들어 했는데,

마치 석고상이 된 것 같았다

눈동자가 점점 커지고 있었다

인공눈물을 꺼내면

손에 묻지도 않는 분홍눈물

손톱 끝에 매달린 채 매트 속으로 스며든다

그는 애인 몰래

실전에 필요한 용량을

차트 속에 차곡차곡 포개어 넣었다

만수위원회는 먼저 가을을 찬양하기로 한다

오고 가는 선홍빛 얇은 얼굴

서명과 회의가 진행된다
도처에 웃음들을 포진시켜 만병통치를 이루자고요

밤새 내린 비
온 땅이 젖은 채
비틀, 거리는, 거리들

독감 예방접종 안내 펼침 막을 엉거주춤 치켜드는 사내들
거친 비속에도 태양이 웃고 있다

막힌 코를 실룩거리는 프레스탄
혈관마다 링거 줄을 매단 채 널브러진 팔 한쪽
공포와 혼란을 담은 커다란 눈동자들
휠체어를 껴안고 있다

몸속에서 빠져나와 널브러진 팔 한쪽을 들어 올려
혈관이 보이는 무릎 위로 운반한다

누군가 듣고 있다
아직 듣고, 있다

*심폐소생 실습마네킹

막걸리와 새우깡이 있는

옥탑방은 천천히 날개를 펼치고 내려놓기로 하였다지요 지난여름을 허공에 발을 헛디디기라도 할라 치면 우리는 새우깡을 집어 들고 비스듬히, 아마도 가슴 안쪽 꼬깃꼬깃 노란 포스트잇 속에는 무슨 거대한 계획이 있었던 게지요 나무를 흔드는 바람의 속삭임 아랑곳하지 않았습니다만, 그때 나는 외계에서 나를 데리러 올지 모른다고 생각했습니다 내가 정말 어디로 사라질지 모른다고, 그러면 또 우리는 어깨동무를 하고 옥탑방 계단을 오르내리면서 별을 주워 모았지요 이런, 뾰족한 물비늘에도 자꾸 달라붙는 도꼬마리 같은 사춘기, 엉겁결에도 떼어 내고 싶었는지 모릅니다 물결 속에서 불현듯 너의 입술 떠오릅니다 솟구쳐 오르는 차디찬 보랏빛 너는 여름을 터트리는 별모양 도라지꽃을 닮았습니다 탑 오브 더 월드*를 입에 물고 다락방 창문으로 윙크를 하던 너는 체인이 빠진 자전거 염색공단 가로수 길을 되돌아가는 내 슬픔의 마지막 풍경이 되었습니다 말매미는 15층 아파트 철제 난간에 매달려 울고 있습니다 점차 여름의 꼬리가 흔들릴 것입니다 그때의 우리처럼 친구를 부르다 목이 쉬도록 컬컬해진 여름은

*The Carpenters의 노래

20

동물 애호가

    우리 안에는 감금된 밍크가 웅크리고 있다 사냥꾼들은 한 번의 칼집만으로 밖으로 시간을 찌를 수 있다 깃털이 뽑힌 알몸 엉겨 붙고 달라붙은 몰닉의 시간 목 잘린 타조가 발을 포갠다 구름의 무수한 발가락이 대나무에 걸려 있다 상대적이며 절대적인 해답을 어디서 찾을 수 있을까 패션디자이너들에게, 힙합 가수에게, 노란 비명을 콧구멍에 꽂은 밍크 사체들 죽음의 상자 앞 동물 애호가들은 일렁이는 시간을 찾아 헤맨다 크리스마스비버는 초특급 담요를 선사하였고, 생가죽 열다섯 장으로 변신한 오실롯은 (의도치 않은) 인간의 등을 감싸주기도 한다 백화점에서, 옷장 속에서, 패션 리더의 숨겨둔 목록 속에서 타조, 악어, 도마뱀, 비단구렁이들은 줄기 잘린 애플민트 뿌리 돋아나기를 기다린다

사이프러스 건너편에서 바라본 선인장들

11세 만카차르는 오늘도 캐슈넛 공장으로 출근합니다
어제는 사진 콘테스트에 사진이 실렸습니다
얼굴 대신 손바닥 사진이었습니다
공장장의 표현을 빌리자면,
좋을 것이 하나도 없어요
그는 거대한 펜을 들고 빨간 수첩에 무언가 적었거든요
그때 블루벨 숲속을 거니는 곰 발바닥처럼 어지러웠어요
초콜릿, 초콜릿
만카차르는 지금 휴식이 필요해요

21번 뇨원은 새벽 두 시에 일어났습니다
콜로라도에는 EF2 토네이도가 발생했는데도 말이지요
뇨원은 얼음물에서 시린 손을 꺼냈지요
장장 14시간 동안 새우를 깠습니다
빗소리가 크리스마스 이브를 흠씬 두들기는 데도 말이지
요
　다음날은 거짓말처럼 들뜬 세상이 왔답니다

　쪽문에 선 마다가스카르 아이들이 이를 활짝 드러내고 웃

습니다
　푸른 야자수 잎사귀를 닮은 커다란 맨발
　"우리 엄마 바구니를 사 주세요."
　엄마가 한쪽 팔로 안은 아기가 야자수 잎을 뜨는 동안
　로즈힙 향이 바구니 주위를 에워쌉니다

　소년병들은 주머니 속 머리사슴뿔을 만지고 놀았어요
　사슴뿔이 자라고 새로 난 뿔은 말랑말랑하다는데요
　긴 겨울 지나면 봄이 올까 싶어서요
　콩알만도 못한 가짜 다이아몬드 찾기 놀이는 이제 지쳤어
요

　공중부양 자세로 바위를 붙들고 있는

　소년의 고민은
　어린 새순처럼 쑥쑥 자라나는
　윈드서퍼, 풍등을 매단

비어 있는 도시

그들은 두꺼비 부동산을 발견했다.

동 간 거리가 넓어서 일조량과 조망권이 좋아요. 입구는 아직 완공되진 않았지만, 회전교차로 모양으로 주차장을 드나들 수 있어요. 월풀 스파욕조가 있는 모텔에서의 하룻밤처럼 미니 바가 갖추어져 있어요. 깨지기 쉬운 유리만 조심하면 아무 문제없어요. 외벽까지 대리석으로 깔끔하게 마무리되어 있죠.

야트막한 산을 배후로 곳곳에서 개나리가 봄을 물어 오겠죠. 무엇보다 일몰의 산책자가 되는 거예요.

주택을 짓겠다면 뚱뚱한 다리를 들춰 보세요. 더미가 수두룩해요. 친환경 고속국도 건설이 목전에 있어요. 내일은 더 미세한 계획이 준비되어 있어요.

아이들이 뛰놀기 좋은 강둑이 있는데, 실제로 사용해 보면 좋을 거예요. 어린이집은 CCTV가 음성지원이 되니 알아서 지켜봐 줄 거예요.

미술관 옆 약국도 가까이 있어요. 산비둘기도 산기슭에서 볼 수 있는…

그들은 마주 보고 고개를 끄덕였다.

다행히 이곳은 창문이 무척 많아서 슬픔을 들여다볼 수 있을 거 같았다.

안목

집을 보러 온 사람이 오후 세 시를 두고 갔다 부엌 한쪽
숨어 있는 비닐봉지를 꺼내 부풀어 오른 오후를 펴 담는다
처음처럼 늘 그렇게 부드럽게 눈동자 속 반짝이는 목록들
뒤집어 보아도 꾹 눌러보아도 허밍 허밍은 언제나 구슬픈
후렴 껍질 속 숨은 온기 바스라질 듯한 집을 보러 온 사람
이 힐긋, 천장과 바닥을 들었다 놓았다 떨어진 바람 청단풍
나무를 흔들고 간다 리본을 높이 올리며 춤추는 체조선수
같은 저녁은 표정이 어두운 일교차를 데려왔다 장롱 왼쪽
에 핀 꽃말을 아직 한 줄도 읽지 못했는데 목도리를 꺼내 알
록달록한 슬픔 위에 껴입는다 놀이터 빈 의자 곁으로 어둠
이 오는 줄 모르고 바람의 노래를 기다린다 까치는 무슨 생
각으로 저 위에 집을 지었을까 날아드는 보풀처럼 흰 구름
을 믿고 싶었을까 흙비에 젖은 기린 양말을 데리고 어서 집
으로 가고 싶다 말랑하고 빨간 흰구름 같은, 휘둥그레진 아
이를 꼭 안아주었다

레슬링

  솜방망이 꽃이 피어오르네 더위에 지친 잎사귀 같은 혀끝으로 앞발을 치켜든 말 토끼 간 대신 인공 간 GMO 대신 친환경 잔속에 쪼개진 두 얼굴을 한 개씩 들고 여기저기 붓칠을 한다 해가 없는 내일이 올 것인가 들판을 쏘다니고 싶은 강아지처럼 떨어져 나온 문장은 갈 곳을 몰라 목덜미에 붙은 머리카락을 떼어낸다 태풍이 몰고 온 파도 시인의 살갗이 에인다 시월의 솜방망이가 흩어진 세계 고양이 자세 더욱 쉽지 않아 젖은 잎처럼 자꾸 달라붙는데 밀어붙이는 방식의 말로 풀어헤치네 자니? 비었다 공포 영화처럼, 끝날 줄 모르는구나 텅 빈 마음 집시의 천막에 잠시 부양의 채무를 내려놓고 교육의 의무를 내려놓고 콜라에 대해 저녁의 당도에 대해 피크를 꺼내 오도독 오도독 거인들은 기타를 뜯으며 서로의 귀를 낮춘다 버튼에서 손을 떼자 의자가 돌아간다 빙글빙글 잔이 바뀌어도 꽃이 바뀌어도 꽃병은 착해지지 않았다 적색 2호 같은 하얀 뺨을 두드린다

오렌지는 어디로 튈지 몰라
  – 신입사원

 고당도 퓨어스펙 상표가 붙어 있다
 그 가려운 얼굴을 씻기 위해
 날마다 찾아오는 차가운 불면

 점심시간 기다리는 노란 종소리 같은
 너는 어쩜,
 목포 가는 버스 속에서 우리 대신 맛있는 짜장면을 주문
할 수가 있니
 우리의 목표는 정례 브리핑처럼 청춘을 납득시키는 것이
었니

 견디기 어려운 수모를 오렌지 껍질처럼 벗어던지면
 번듯한 정면이 될 수 있을까
 너는 말캉한 오렌지 껍질을 섞은 볶음밥을 먹고 야근을
한다

28

껍질이 얇은 오렌지는 노동 법규를 잘 몰라
질긴 고기를 삼킬 때
매캐한 연기가 의심스럽지 않은 이유가 될 수 있을 테지

어디로 튈지 모르는 오렌지의 율법을 누른 채
스펙을 떼어낸 맨얼굴을 만지작거릴 테지

접착력이 없는 전봇대를 말리고 싶어
비죽비죽 올라오는 부추를 뜯어말리고 싶어

거참, 오렌지 택시 숨소리 한번 거칠구나
밤의 거친 팔뚝 위로 매화 한 잎 떨어진다

오렌지 껍질 같은 비가

제노푸스Xenopus*

퉤,

이것은 이상한 맛입니다

나는 아침마다 콩알만 한 소간을 먹었는데,

벌건 입천장을 채 다물기도 전

시침핀이 꾹, 내 발톱을 짓누릅니다

그들은 커다란 머리를 흔들며 슥, 내게 다가왔습니다

눈동자가 흔들리는 찰나,

나는 크림통 속에 빠진 것처럼

미치도록 슬프고 하얀 뒷다리의 춤을 도저히 멈출 수가

없었습니다

나는 두 눈을 시퍼렇게 뜨고도

악...

포르말린에 절인 메스, 시져, 핀셋

히익, 딸꾹질 소리...

예정된 칼부림이 곳곳에서 기다리고 있습니다

내 가슴은 기어이 열리고 말았습니다

엄마가 뜨개질해준 따듯한 살점이……

이것은 내가 만든 이야기는 아닙니다

내 고향 케이프타운 호숫가의 밤바람

총총히 사라져간 별들의 속삭임

나만의 이야기는 아니랍니다

나는 숨이 막혀 발톱에 힘을 잔뜩.

찢어진 발가락을 타고 흐르는 부드러운 피 냄새

흔하디흔한 이야기입니다

저온의 잠을 걷어 올리는 아침 냄새

가공할 내 뒷다리의 점프력은 어디로 갔을까요

없는 혀를 깨물고 싶습니다

뒷다리를 잘라도 내 심장은 아직 뛰고 있는데,

당신이 죽은 후에도

당신의 심장이 살아 숨 쉬고 있는 것처럼

*아프리카 발톱개구리. 지구상에서 가장 많이 사용되는 실험용 개구리

야간자율학습

어제의 초승달이 오늘은 보이지 않네. 날씨가 아침에 날아가 버린 흑연 같다. 24시 편의점 앞에서, 알아서 갈게요 집에서 기다리는 어머니에게 톡을 건네고. 나는 꼬리가 새까만 밤을 데리고 입가가 촉촉한 봄밤을 데리고 〈자유시간〉을 씹으며 초승달에게 간다. 등줄기가 날개가 젖고 싶어. 따뜻한 땅속으로 스며들어 잔뿌리를 뻗는 광대나물처럼. 가지런한 잎처럼 뻗은 메타세콰이어여 안녕, 나무는 손에 손 잡고 뿌리를 잇는구나. 나도 새로 사귄 석봉이를 점점 닮아가는 것 같아. 총 맞은 것처럼* 세상은 밤에 시작되는 것 같아. 이제야 깨어나는 것 같아. 내 생애 이처럼 아름다운 날 또 다시 올 수 있을까요* 점점 이런 노래가 좋다니 언제부터 사방이 이렇게 어두워졌을까. 어머니는 내가 도착하고 세 시간 뒤 불을 끌 것이다. 위대하게 다시 태어나기 위해. 밤이 전기를 만나 얼굴을 바꾸듯 나도 다른 석봉이처럼 가지를 뻗을 수 있을까. 이 빗줄기처럼 단단해질 수 있을까. 석봉이들은 점점 뒷모습으로 나아간다. 나는 점점 멀어지는 창밖으로 흩뿌려진다. 궤도에 진입한 듯 벌컥, 문이 열리고 앞좌석에 한 석봉이 내린다. 아직 전할 말이 남아있다는 듯 조잘거리는 여학생들. 젖은 손을 감싸 쥐고 맞아 맞아, 고개를 끄덕이는 석봉이들.

　다음 내리실 역은……안내방송에 파묻힌 노래는 내일을
향해 달리고.

　지금 여기는 어디

* 백지영의 노래 제목
* 이선희의 노래 '인연' 중

정원의 형식

잎사귀 쫑긋 귀 기울이는 사월 바닷가
그는 낚시 전문가였네
요즘은 돌로 깎은 웅덩이 노니는 금붕어를 종일 들여다보네
툭, 지나가는 소리에 깜짝 놀라 길가로 뻗은 큰 해송처럼
호기심 많은 진입로는 순식간에 어제를 벗어났다네
뾰족한 이마를 내걸고 태양이 나무 사이로 숨어들 때
손목은 바다를 닮은 석상의 쪼개진 입술을 쓰다듬었네
은초록 마을버스가 언덕을 지나갈 때
손목 없는 바람은 눈을 감았네
온통 금빛 산을 지나 먼지 뒤덮인 이 곳
두고 온 가방이 생각났다네
머릿속 뒤엉킨 악보
물 위를 지나가는 물방개처럼
음률을 고르는 진초록 치마를 입은 눈동자
부채꼴 모양의 피아노 선율이
흐르는 해무를 급히 빠져나가는,

정원의 바다 속에는 무엇이 사나

팥빙수

어때, 이마를 만져 볼까

따뜻하고 말랑한 잠이 묻어나네요

연둣빛 툰드라가 그리웠겠지

온도가 녹고 있어요

두 발로 서 보라구!

십만 데시벨의 잠이 쏟아지네요

제발, 흥분을 가라앉히렴

휘저은 세상이 때로는 자연스러울 수 있죠

속옷을 입는 순서와 관계없이 스며드는 긴 호흡

참 좋은 세상이에요

이렇게 더운 날 하얀 피를 먹다니요

가만히 흘러나올 것 같은 가지런한 자세로

새들은 어쩌면
여기저기 흠집이 보이는 나를 가장 닮아 있는 버드나무

생각지도 못한 이메일이 도착해 있다

불현듯 그런 생각이 들었다
얽힌 나를 들려주기로

나에게 찾아온 한 가지는 매 한 가지

날개를 접고도 부분이 아닌 전체를 볼 수 있을까

우리가 우리를 까맣게 잊은
무수한 봄과 여름 사이

제2부

말할 수 없는 비밀

A가 레이노 증후군을 대하는 자세

커튼은 A를 노려보고 있다
시계 초침 소리는 아라베스크 무늬처럼 흘러내린다
멀리 개 짖는 소리라도 들려오면 좋으련만
A는 불빛의 딱딱한 표정에 데이기라도 한 듯
두껍게 돌아누워 버렸다
A의 증세는 대체로 가벼운 편이었다
열기구를 타고 오락가락 꿈속을 헤매기도 하였지만
찬바람이 따뜻한 바람을 밀어내던 그즈음
손가락 마디 끝이 하얗게 세 번 변하였을 때
A는 가죽나무 이파리가 생각났다
입 마르는 냄새는 도저히 견딜 수 없었다
댓돌 위 할아버지 고무신 옆에 작은 신
힘겹게 문고리를 잡아당기면 풍겨오던 한약 냄새
사월 따뜻한 바람에 온몸을 내맡긴
작약을 함박꽃으로 부르던 할아버지는 웃음이 없었다
무궁화 가지런히 떨어지는 늦은 오후
빙하를 깨고 온 시간을 헤매는 저승사자처럼
A는 꽃밭에 생각을 투입하고 있다

말할 수 없는 비밀*
– 이다와 다이

북극에 다녀올게
이다가 말했다

(영혼 1° 없는) 다이
입술이 퉁퉁 부었다

이러다가 곧 죽을 것 같아
이다의 두꺼운 가죽신은 자꾸 뒷걸음쳤다
토마토 외투 같은 다이의 얼굴이 바뀌고
칠월이 왔다

우체통을 뛰쳐나온 새가 오후 두 시 방향으로 날아갔다

모든 모과는 일제히 가벼워지기로
모든 토마토는 일지를 간단히 쓰기로

모과는 시간을 어떻게 견디려고
손바닥을 붉은 새의 부리에게 내주나
포르르 바나나 숲으로 날아갔나

새의 부리를 닮은 하얀 해와
바나나 수프가 다이의 허벅지를 타고 흘러내렸다

달의 뒷면에서는 모자를 쓸 수 없는데
이다는 지하세계를 찾을 수 있을까

다이의 이마가 무거운 이유는
벨크로 모자 속에 동굴이 살고 있기 때문
지금도 비행접시의 호위를 받는 고대인의 메시지 가득한

*류걸륜 감독의 영화에서 빌려 옴

동물원은 아름다워 보인다
　- 아이의 손바닥 위 새 한 마리 무언가
　　할말이 있다는 듯

아빠, 괜찮을까요?
소년은 노란 뱀을 목에 두르고 물었다
"괜찮을까, 괜찮을까?"
비단 앵무새도 철사 나무 위에서 눈을 감고 중얼거린다
아빠는 기꺼이 몸을 낮추었다
알비노 뱀이 매끄러운 혀를 숨기고 몽글히 웃어 주었다
원숭이가 노는 방은 냄새가 심했다
사람들이 안고 달랬지만 원숭이는 말이 없었다
자물쇠가 채워진 창문 옆에 가만히 붙어 있었다
하얗게 질린 창문은 목소리마저 덜컹거렸다
흔들리는 그네 옆에는 오렌지빛 드레곤볼이 뒹굴고 있었
다
소년은 길에서 따 온 버찌를 꺼냈다
검은 손바닥에 뭉개진 버찌는 핏빛 눈동자 같았다
어디선가 회색 앵무새 날아와서 손바닥을 부드럽게 핥았
다
간지럽다는 듯 웃음을 터뜨리던 소년은 소음의 숲으로 들
어가고

숲이 조금 부르르 떠는 동안,

거북이 톱밥을 털고 있다

괜찮을까

소년을 쓰다듬는 소리가 숲 속을 몽글거리며 돌아다녔다

등껍질이 딱딱해진 아빠와 소년이 무거운 몸을 이끌고 숲
속에서 튀어나왔다

괜찮아?

버찌 가방에 묻은 매캐한 냄새를 털던 아빠가 물었다

소년의 눈동자가 귀 빠진 토끼처럼 피곤해 보였다

학교폭력예방교실

단 하루 만에 확,
바꾸어드린다는 문구를 믿어 보고 싶은 밤이었다

마음은 달빛을 흠모하는 초저녁 냇물처럼 웅얼거리는데
타래붓꽃은 사라지는 꼬리의 기분을 이해하지 못했다

해맑을 수 있다면
스무고개를 재촉하는 아이의 눈빛처럼
아스라한 별빛 노래 한 무더기 둘러메고
찢어진 장화를 끌고도
휘적휘적 뻘 속을 걷는 것이다

하루에도 몇 번씩 가방 속 하얀 줄무늬 노트를 내던졌다
한 번도 본 적 없는 한낮의 태양처럼

길 건너 친구들이 레슬링을 하고 있다
이쪽과 저쪽을 부여잡은 채

실타래의 끄트머리는 어느 방향으로 흐르고 있나

시간은 표식 없는 얼굴로 구덩이를 견딘다

어디서 파란 냄새가 났다
악어가 물어간 소년의 등을 향해

이 페이지를 표시할 수 없군요

순한 양들이 노란 스쿨버스에서 툭툭,
3시 17분처럼...

먹구름의 생각들이 몽글몽글 어깨를 짓누르는 오후

옆집 아이는 방탄조끼를 입었구나
혹한에 굴하지 않겠구나

엄마들의 오른손은 우산 두 개를 들고
비스듬하게 허공을 지속적으로 찌르고 있다

빨간 모래언덕 아래 초록 그네 건너 통나무 오르막계단

숲을 데굴데굴 구르는 바람 뭉치들
나무 데크를 울리는 비의 속삭임

젖은 잎들은 입술이 몰래몰래 부르트고 있다

집게 핀을 가만히 누르고

지난봄 산만한 뿔을 잘라 버린

양들의 웅얼거림은 십이월 피는 개나리
소용돌이치는 뇌 같아
너도밤나무의 수가 늘어나면 쥐의 수도 늘어나겠지

북극여우를 기다리는 숏타임
엄마들은 길게 목을 빼고 덜렁거리는 방탄조끼를 여며주
고 있다

필리핀 이주노동자, 릴리루

나는 가끔 백합 침대 속에 잘 숨지

극세사 이불 속에서 뭉클
고양이 같은 불면의 밤을 포옹하지

너는 앞발을 내밀어 악수하네

너의 등에 맨발을 살짝, 올린다면
커다란 슬리퍼는 따뜻해

잘린 손가락이 스르르 눈을 감는 난롯가

발톱 없는 발을 끌며 비틀거렸지
드럼통은 갈라진 하품을 하고
해당화보다 더 붉은 기저귀는 기지개를 켜고
너는 반대쪽으로 부푼 배를 안고 돌아누웠지

주파수 맞지 않는 라디오
가슴을 들쑤시는 따갈로그송*

숟가락을 내려쳤어

목이 잘린 새끼는 다섯 마리,
머리 없는 아이, 정원으로 자러 갔대
아이가 죽으면 엄마가 눈썹을 밀었다지

눈썹은 꼬리를 동그랗게 말고
비행기 창가로 날아올라

눈 부릅뜬 엄마들이 어디로 날아가는지 기억해 두지

*필리핀 노래

여지

물에 절은 콜라캔이 거친 한숨을 토해낸다 옆구리 드러누운 1914년의 배는 백 년 뒤 염소 강아지 고양이의 세레나데 도통 기억나지 않는다 물에 잠긴 자동차 바퀴에 햇빛이 반짝,

바다와 건물 사이 몰아치는 물길, 갈매기의 초고속 낙하법이 무슨 소용이 있을까 차라리 손가락을 숭배하는 포토그래퍼가 되자 초고층 마천루를 깨부수는,

이윽고 쓰레기숲이 밀려오고
불씨를 갖다 대기만 하면 영영 이별의 공간이 될 수 있다
눈을 감아도 잠깐,

불신이 백사장을 두리번거릴 때 갈매기 떼 날아오른다 이미 이 별의 맛을 알아챈 그들은 파도처럼 삐걱이는 온몸을 길바닥에 내맡기기도 했다,

담배꽁초 거북이를 일렬로 세우고 이끼들이 축제를 벌인다 여지껏 이 별을 쉬이 떠날 수 없었던 담배들 네가 주는 충고를 받아들였어야 했다 아무리 황금 깃털이 좋았더라도,

폭설

　퍼즐 속 개의 목을 찾아 헤매고 있었는데 자꾸 목이 무너
지는 느낌, 거꾸로 가는 시계 앞이었다. 누군가 산으로 별
장으로 오르고 도망가고 있었는데 언젠가 들통 날 일이라
고 마음 한 구석이 벌렁거리는 것이었다 위태롭다는 말을
이불 속에 지붕 위에 숨길 곳이라면 어디든 숨기고 싶었다
현장이 드러나면 끝장이란 걸 알면서도 나는 웃고 있었다
애써 눈을 감고 있었는데 어둠속에서 아른하게 떠오르는 눈
썹, 막 삐죽삐죽 솟아나는 봄날 비온 뒤 죽순처럼 오도 가
도 못하고 나는 가방 속에서 자꾸 태어나고 있었다

　땀에 젖은 매운바람이 몰려와 동상의 목을 훑고 지나갈
때 대지가 흔들릴 수 있다 불면과 의식이 만나 눈 밑이 녹
을 때까지

　나는 지금 막 해체되어 투명비닐 가방 속으로 들어간다
　사라진 모든 조각들을 만나기 위해 다시,

　(그는 오늘아침에도 별 볼일 없는 하늘만 내내 쳐다보고
있었는데…)

아직 아무것도 보이지는 않았다

차이의 겨울

벤치 앞에는 저녁이 길게 가라앉았다

불 켜진 진입로

에키움 보석타워의 불빛은 끝이 없어서 어떤 꽃이 옳다고
고를 수 없고
내 손은 겨울나무의 손가락처럼 마디가 하얗다

고민의 시간이 길어질수록 뿌리 돋아나는 나

자가면역은 어디서 오는 건가

노란 귤 하나
내일 아침 아이에게 줄 선물
침샘이 동요한다

다시 오래된 감옥의 거대한 문 앞

트럭이 대성당 맞은편 광장에 멈춰 서고

노란 가로등 아래 비슷한 옷차림의 노인들이 흘러나온다

휘파람새는 죽은 나무 위에 앉아 그들이 지나가길 기다린
다

갈대

담임   인근 지대는 조용하지 않나요
            말벌의 꿈속으로 들어가는 통로 같지요

경찰   (마침내 쉼표(,)를 발견하고)
            이 꽃의 이름은 무엇입니까?

담임   아이들은 보리야, 보리야
            말간 물의 얼굴을 만지러 손을 뻗었지만,

경찰   애착인형을 찾듯 말입니까?

학부모 (말없이 강물을 하염없이 바라본다)

멀쩡한 무화과가 굴러다니는 어두운 강가
경찰은 플래시를 터뜨리고,

(어디선가 끙끙거리는 말의 숨소리)

누구를 위로해 주겠다고, 불빛들이 흔들흔들 춤추는 걸까

살강살강,
밤을 지새우거나 밤을 기록하는 안개와 구름의 목소리들

먼동이 틀 때까지
유선노트는 안개구름 속을 배회하였다

우리 언제 강가에 살지 않은 적 있었던가

꿈은 하룻밤 사이에도 독백의 알을 깨고 피어났다

49묘역 10구역

흩어지는 길은 쉽지 않았다

길길이 날뛰는 말꼬리처럼 흩어질세라 모이고
다시

흐르는 물
발에 닿으시면

산이 드리우는 그늘
가슴께로 점점 다가온다

늑대, 독수리, 들소가 눈을 치켜뜨는
기묘한 꿈속 같은

기어를 저속으로 내린 루펠 독수리
물방울 레퀴엠을 즐겨듣는 검은 고양이

머리와 가슴 주위에 눈물들이 들끓고 있다

임명장

  그날은 한 번도 밉보인 적 없던 아이의 어깨가 조금 솟아
올랐다

  이것 좀 보세요!
  빳빳한 종이가 비밀을 펼치듯 날개를 퍼덕인다

  오리들은 골목을 가로질러 가고 싶었지만
  앞에 벽이 보였다

  벽을 견뎌내는 그들의 방법을 존중하기로 했다

  오리발은 확고한 믿음을 얻기 위해

  낮은 쪽을 향해 몸을 낮추었다
  거품이 떠내려 오는 물결의 벽을 헤치고
  끊임없이 냇가를 늘렸다는 사실,

  비 온 뒤 햇살을 따라 나온 비비추같이
  주체할 수 없이 무럭무럭 피어오르는

조장

박수세례를 받는다

빙글, 빙글

정적은 강물처럼 낮게 흐르고

누가 먼저 오리알을 차지할 것인가

밥상 위를 천천히 오가는 젓가락

한참동안 개 짖는 소리에도

폭설2

오늘도 자신이 먹히지 않기를 기도하는 모자챙은 보이지 않는 언덕을 오르내렸다 알 수 없는 기류가 자작나무 사이를 유유히 사라지는 동안 사랑을 더 이상 믿지 않는 사람들은 유튜브 숲속 길로 돌아섰다 나쁜 짓을 하면 안 된다는 사실을 어둔 밤 별빛의 깊이로 아는 사람들은 어디론가 숨어야 했다 불쑥, 초록 반점이 튀어나오는 손아귀 자작나무 수액이 흘러내렸다 쓰디쓴 문장을 이마에 새긴 인간의 몰골들은 대체로 나쁘지 않았다 악수는 무감각한 손가락 사이로 뻗어 나왔다 검은 날개 사이 아무도 모르게 나는 빨려 들어갔다 눈이 저절로 감기고 말았다 태양이 뜨는 밤 나는 너를 내려다보고 있었다 머리에서 치솟아나는 뿔이 다섯 개 플라즈마 볼은 어디에도 없었다

화이트아웃, 소리가 없는 ㉚구역 사람들은

편의점

꼬리 잘린 여우가 졸기 시작하는 새벽 세 시
가위처럼 지그재그 꼬리가 가렵겠구나

먹장구름이 바람을 톱날처럼 갈아내는데
비가 내리네
보일락 말락 하는 네 꼬리

낮은 계단은 낮의 괴로움을 씻어내려는 듯 빗방울 어깨에
기대는데
내일은 또 다른 별들의 행로라는 질문

비가 내리네
네 꼬리를 적시는
낮에도 불 켜진 2층 고시원의 번민 같은

너는 인간으로 태어나고 싶지 않은 기억이야,

꼬
리
가
저
렇
게
첨
탑
위
에
걸
려
있
네

알바의 감정

쓱쓱싹싹, 부드럽지만 때론 단호하게
싱거운 농담을 잘 닦아내면 블링블링한 돌이 될까?

나방처럼 불빛에 의지했다
유리로 된 장식장에 반짝반짝 수석을 모으는 기분

밤낮없이 노래하는 긴꼬리홍양진이처럼
헌신적으로 달려오는 내일
저 붉은 바람을 타고 오는 말발굽

잠시 한눈 팔 수 없네
앰뷸런스 울음소리
심장을 두근거리는 발소리

시린 손으로 또박또박 일기를 써 내려가던
어린 내 뒤통수의 울음소리처럼

꽃은 마르고 과일은 흐물거리는데

대로를 흐느끼는 빨간 하이힐
헤아릴 수 없는 거리의 변명들

오후 세 시는 속이 빈 평화

밥을 간단히 먹기로 하네
케이크를 앞에 둔 어린 동생처럼

하늘 땅 사이
내 잇몸을 적시는 젖줄 같은

나는 아직 체리 맛을 본 적이 없네

88 문구점

이 장갑 한 번 껴 볼래?

볼이 붉은 소녀들
밀려왔다 밀려가네

경적이 운다면?

구멍 난 엄지를 매만진다

손끝에 톡톡
샤프심이 잘도 부러지겠지

턱을 괸 보충 시간
고개 숙인 소녀들

말 없는 자습 시간
볼이 붉은 소녀들

나쁜 손을 집어넣어도

착하게 어루만질 것만 같은

바알간 다알리아 같은 벙어리장갑

책상 안에 숨어 있는,

복지회관 칸타빌레

– 봄

 챙이 큰 멕시코 모자를 쓴 젊은 아코디언 연주자 소심한 자신의 심장을 어루만진다 웃음이 안 나오는 근육들, 골목의 나날들, 챙이 큰 악보가 어깨춤을 어루만진다 고향의 버들에도 봄이 덥석, 찾아오겠지 고개를 끄덕이는 지역사회 구성원들 깃털 한 닢 같은 젊음이 영광이 되는 수수께끼, 그림책 속 먼지 한 톨 프레첼 빵집 앞 비둘기들 깃털을 하나씩 흩날리기 시작하지 천사의 나팔 소리 벤치는 껴안은 어린잎의 새로운 결심을 듣는지 은행잎 수북한 발밑을 한참 내려다본다 도시가 잿빛 칩을 삼키기 시작한다 참을 수 없는 선율이 뛰쳐나온다 안개 속에서 미처 피지 못한,

제3부

코끼리가 아닌

분홍동백

슈베르트의 자장가를 듣다가 잠이 든 어느새 말랑해진 공기 무릎담요 사이에서 어제를 살고 있는 별들의 취미는 온풍기 옆 비스듬한 지구를 대견해 하기, 모퉁이를 지키는 높은 담장 기웃거리기, 궁금한 속도가 있으니까 그는 여덟과 아홉을 셀 사이에도 올 수 있어요 그는 깊이 잠을 잘 수 없어요 우체부의 오토바이가 오후에게 툴툴거리고 있어요 먼저 일어나는 담요를 친친 감은 겨울 플라스틱 물병 같은 몸을 끌어안고 뒤척이고 있어요 그가 올 때까지 소금물에 가슴을 담그고 숨이 죽어가는 배춧잎처럼 밤마다 노래를 부르는 그는 김치냉장고가 열리기만 기다리는 남은 양념의 뒷모습으로 걸어가는 긴 생머리 방치된 폐업병원 담벼락 저녁 담장의 높이랍니다 옥같이 어여쁜 우리 아가야 다시 불러봅니다 가벼운 얼굴로 비와 맞서는 가려운 얼굴을 씻기 위해

봄의 입김

1

누가 이 보얀 향기를 흔드는가
대지의 검고 사나운 머릿결
꽃샘바람은 칭얼대는 음표들을 불러 모으지
하얀 어둠이 내리는 밤
눈 뜰 수 없는 눈동자가 너무 많아
봄은 텅 빈 가슴을 타고 오는가
바람의 속삭임에 두 눈 내어주는
나무꼭대기를 지키는 새들
얼굴을 비비거나 애틋하거나
비뚜름한 모자를 쓴,
스머프 마을에 오종종 클로버
훌쩍이는 팔랑개비 보았지
새파랗게 돋아나는 숨소리
잎파랑이 춤추는 재즈 선율
부움.부움.붐

아무도 책갈피를 찾지 못했네

2

붉은 혀를 달래야 해
달그락대는 마음을 넣듯
한 방울 안약을 구겨 넣었지
혀끝에 맴도는
입안을 뱅글
우리는 스머프의 감정을 야금야금 갉아 먹었지
스머프도 모르는 은밀한 페이지를 풀어헤치는
그는 너무 가깝고
나는 여기 있는데
봄바람은 두 잎 클로버들을 쓰다듬네
팔 벌리고 활짝 웃는 책

레몬 향은 바람을 달랠 수 있을 것이다

귀어가歸漁歌

　저 바다에 뭐가 있소? 잔을 내려놓던 그가 물었다 있긴 뭐가 있어 갈매기 한 마리 안 보이는구만 새벽 평상만큼이나 차가운 목소리가 허공으로 날아든다 담배가 비싸 끊었다는 그는 긴 팔로 삿대질을 하며 껌을 씹고 있다 긴 부리 날개 퍼덕이며 새우깡을 받아먹던 갈매기를 닮았다

　그는 소주를 빈 잔에 가득 채운다 어느 누가 선뜻 이 여행길 만선을 기대할까 그냥 일렁이는 바람이 가슴 한 번 쓸어주면 그뿐. 소주잔은 투명한 의지가 흘러넘친다

　나는 외투에 물을 가득 담아 날마다 지구로 돌아오는 우주비행사
　손과 팔이 묶인,
　롤러코스터에서 줄을 내려놓기 쉽지 않았습니다

　어제 죽은 배가 휴식에 빠져 있습니다
　날카로운 눈을 감은 듯 뜬 듯
　여행자를 구경하는 염소처럼

갯가로 나가세
철렁 철렁 파도 잡으러
낮부터 나온 반달
지금은 물때라고 합니다

회색 여우 꼬리 같았던 어제의 바다

다시,
밧줄을⋯⋯
밧줄이 불에 타고 있소
타들어 가는 나무 구조물
강한 남자 경연대회랍니다

내일 아침 어판장은 열리지 않겠지만
나는 그물을 손질할 줄 압니다

누크의 천진난만한 아이들처럼
아이스 피오르에 내려앉은 바다 갈매기처럼
우리는 먼 바다를 바라봅니다

코끼리가 아닌

두리번거리는 물방울은 뭐예요?
a,b,c,d는요?

스치고 지나가는 놓칠 수 없는
자주 어긋나는 이곳의 언어

그동안 호수의 기억은 많이 줄어들었군요

칼금이 사라질 때까지 목욕은 안 돼요,
어머니

시계를 보지 않기로 한다

뜻밖의 선물을 받고 기뻐하는 순간처럼
한 시간 동안은 피아노 홀릭

물에 젖은 시간을 구부릴 수 있다
패잔병의 보랏빛 날개

말없는 무릎이 흘러내린다
냉동실을 나온 조기처럼 꼿꼿한 기억이 녹는다

경이로운 호수가 눈앞에 일렁이는구나
젖은 날개에 싹이 돋는 듯 간지럽구나

달의 뒤편을 의심하지 마세요
네에, 1, 2, 3도 모두 꿈이에요

혼밥

오후의 식당은 비대했다
물통에 둥둥 뜬 시퍼런 오이처럼
우리는 퉁명했지
입속으로 소시지 밀어 넣는다
물컹한 창자 부드럽게 혀를 감싼다
쇼스타코비치 두 번째 왈츠가 흐르는 강물
플라스틱 물 컵을 사랑이라 불러줄게
사랑을 못 해 보고 죽는다면 너무 슬프지 않니
로맨스 소설에 목매는 소녀는 아냐
처음 본 새빨간 사과
물끄러미 쳐다만 봐도 좋았어
어제 소개팅남 이름이 뭐였더라
줄 서서 기다린 럭키백 같았지
맨들거리는 네 얼굴은 금지된 욕망
비밀스런 자위행위
누군가 훔쳐보는 것 같아
생 · 퐁 · 맞 · 게
두 눈을 피하지 마라니
사과 같은 네 얼굴은 예쁘기만 했지

이런,
낭이 터졌네
바쁘지 않은 경제학도의 미래가 궁금하긴 해
역시
국에밥말아먹을땐
브람스 헝가리 춤곡이 낫군
시큼하고 따뜻한 잡지를 후후 마셔본다

괜찮네, 다 괜찮아
사과꽃 향기가 솔솔

맨드라미

꽃씨는 언제나 주머니 깊숙이 숨어 있는 법
저기, 저 소리 없이 쏟아지는

별의 구름을 건너온 휘파람

레이스 속치마 다 젖도록
발목을 휘감는 소원들
꼿꼿하고 붉은,

불*꽃*놀*이

깨진 꽃병
흔들리는 가방
비즈가 끊어졌을 때도
신부는 울지 않아

장화 속에도
주머니 속에도
비 들이치지 않는데

잘 자란 촛불들

굴뚝 위 은하수 깰라 조심조심
주머니 많은 가방을 훔쳤다

딸기를 사는 저녁

볼 빨간 시인을 만났다
어디서 본 듯한 사람

치마가 삐딱한들
뒤집힌들 어떻습니까

무수한 혀를 내밀고
행간을 지나가는 저 붉은 말들

새벽, 거친 풀꽃의 격정을 껴안은 단단한 야생

이를테면 트럭은 딸기의 이력을 알고 있다 해도
이지러지고 싶지 않은 봄의 얼굴

하얀 스니커즈 뚜벅뚜벅 걸어갈 때
물잔디 곁을 떠도는 고무공의 시간

블러드문

의사들은 시장 사람들처럼 바빠 보인다

우리는 거꾸로 선 빗자루처럼 한쪽에 서서
가느다란 기도를 중얼거린다
― 저 눈물방울 같은 액체는 포도 맛
― 새콤한 향이 나면 정신이 들 거야

피 냄새를 맡은 전화기는 자주 몸을 떨고
마당을 한 바퀴 돌고 싶었으나 증표가 없었다
반듯한 한 장의 네모를 찾아 헤매는 외로운 혈당
병원 침대 손잡이의 냉정한 온도

입장하라는 듯 자동문이 열린다
누군가 우리를 자꾸 떠미는 것 같아
치마가 거꾸로 펼쳐질 것 같아
기도가 들리지 않는 병원 복도

밤하늘에 핏빛 달이 피고 있다

식물학교

% 밤새 좋은 꿈 드셨습니까

501호 종이호랑이, 구름을 가지고 논다
구겨진 솜사탕,
그는 자신이 식물인가 생각하다가
동물이었다는 걸 가까스로 기억한다
여기는 봄
502호 모퉁이, 뛰어내릴 궁리를 한다
이제 조용한 옷을 벗을 시간
분꽃처럼 예쁜 순분이
저승꽃 다시 말아 침대 밑에 깔았다
흙빛은 흙을 좋아해
당연하지, 호랑이
정직한 직립을 배운지 오래,
토닥토닥 구름 속을 두드린다

당신이 새로 온 학교는 꿈을 가르칩니다

101동 정원사 벌침 한 방 놓고 간다

501호 호랑이 옆구리가 간지럽다
저건 향기만 남은 식물입니까
출구를 못 찾은 검붉은 장미
502호 흑장미 언니에게 묻는다
골목길은 접어 드세요
걸음마 하는 호랑이3
초록의 기억을 씹어 삼킨다
별들이 옹알거린다
두근두근 흑장미
고래 심줄보다 질긴 흙을 마신다
호랑이4 빨간 솜사탕을 뜯어 먹는다
가을처럼 고개 숙인 뼈다귀
눈을 뜨자 밤이 왔다

입구는 저쪽입니다

& 앞사람 발은 예쁘기만 하네

모과 향기 기웃대는 언양 국밥집

가마솥 선지국밥 노랫가락
스멀스멀 위장을 깨운다네

그래, 시뻘건 달덩이
무릎을 치네

나는 묘목처럼 춤을 추네
달작한 커피를 춥춥거리네
사과는 더 빨간 아기를 얘기하고 싶어
검은 속살을 숨겼다지

긴 잠을 마셔버린 어깨

묘목은 말이 없지
가끔 흔들릴 뿐

시클라멘

1
아버지를 씹어야 하듯

나는 불안을 갈아서 삼키고
또 화분을 키운다

사시미 칼 들고 쫓아왔던 둘째오빠
벌어진 허벅지 아래 흔들리던 느티나무 그늘
엄마의 밀짚모자가 오래 웃고 있던 그곳

엄마는 중얼중얼 법문을 왼다

틀니 사이로 줄줄 흐르는 염주
소원을 주워 먹는 못된 방바닥
오랜만에 퍽퍽 쓸어 담을까

나는 아버지의 빗자루를 타고
틀니처럼
밤나무숲으로 날아간다

2

새로 태어난 엄마는 지문이 닳았나 봐

시작과 끝을 모르는 테두리
돌이 된 에메랄드
만지작거리던 집은 어디로 갔을까
엄지로 검지로 아롱진 핏방울을 닦고 싶어

슬리퍼가 어디 있더라
그의 처진 팔이 종잡을 수 없이 흔들린다
닳아빠진 슬리퍼가 질질
머리카락 한 올 없는 싱크대
머그컵을 매만지는

커피는 빨리 식었다
한때 서쪽을 향해 말 달리던 무리처럼

외투는 너무 가벼워

엄마의 노란 날개가 천천히 부풀어 오른다

시클라멘, 꽃 엉덩이 치켜들고 웃는다

어느 비평가의 가방 속

햇빛이 잘 들지 않는 지하창고
눈에 불을 켠 페르시안 고양이
분명 왼쪽 뺨을 실룩이고 있을 것이다
핑크 방에서는 나무 그림만 그렸다
가지 많은 잎사귀를 모락모락 뒤흔드는
버찌가 익었다는 사실을 까맣게 잊은
바람이 열두 번째 놀란 나무의 어깨를 흔들고 간다
삶은 국수처럼 다소곳하게
오후 세 시를 기다리는 빨간 좀벌레
담쟁이덩굴이 담벼락의 숨결을 흡입한다
차가운 이마를 간질이는 깃털 냄새
모락나무의 온도가 아기 손톱처럼 자랐다
뚝, 뚝, 끊어질 듯

원룸

여름은 지나가고 말 것이지만
우리는 가까워질 필요가 있다

부엌 창문으로 들어오는 햇살
어항 속 금붕어는 윙크할 줄 몰랐다

의자를 껴안고 종종 잠들었다
끈적한 수박의 단내처럼 달라붙는

나무젓가락은 너무 붙어 있구나
땅콩 잼을 바른 모닝 빵처럼 짧은 웃음이 난다

의자는 또 삐걱댈 테지만
너의 명랑함이 좋다

식탁 의자는 얼른 식탁을 껴안았다

한정신건강의학과

접수대 아가씨 입술이 허옇다 가느다란 손가락 툭툭, 살구색 알약 갈라진다 공기청정기 쉴 새 없이 축포 쏘아 올린다 살구…살구……살고 싶은 산소 방울들 이모의 새 애인은 모르는 사람 들어도 모르는 이야기가 있다 지퍼는 끝까지 올려 입 다문 마스크 의자 위 선글라스 구름의 마음 진작 알아버렸네 불 꺼진 주사실 부스럭부스럭 여섯 개 주사 위 던져 꽃의 시간을 기다리는 강가 돌멩이 가끔 신의 마음이 읽힐 때가 있다 이러다 모두 7이 되는 건 아닐까 모퉁이 기웃거리던 병꽃 터널의 벽을 타고 날아오르네 외계로 빠질 것 같아 하얀 저 창문 누가 치워둔 표지판인가 이모의 살구색 입술 붉어진다

'

앵글의 시간들

*감꽃차

나는 양어장에서 탈출한 물고기처럼
따뜻한 물방울을 찾아 입을 다시네
둥둥 뜨는 시간 위에 누워
입술에 묻은 거품을 닦아내지

빗속을 뚫고 온 하얀 피리 소리
귓가를 흐르는 물결 소리

감나무 바다를 건넌다
때를 모르고 현을 긁는 새들
지난겨울이 부채처럼 펼쳐진다
쉬이쉬이

나는 사시나무인가 은사시나무인가
언제나 저만치 있는 파도의 시간들
얼마나 긁어야 시원해질까
낙엽이불을 박차고 나온 벌레처럼

온몸을 감싸주던 안락한 비늘을 벗는다
잠이 덜 깬 나는
파도의 결을 쳐낸다

입속에 소용돌이
떠도는 동그라미

**카모마일차

시간을 닦는 손이 미끄러워
바람을 따라온 노랫소리

아버지에게 가장 하고 싶은 말은
아빠.
생각만 해도
입술 꼬리 위로 바나나향이 번지겠지

바다에 발을 다 담그지 못한 언어들
수줍은 귀를 열고 머릿결 어루만지네
미끄럼을 즐기는 아이처럼

스탠드 불빛은 고요를 꿈꾸지
새벽하늘을 숭배하는 눈동자들
살풀이하는 여인의 옷자락을 밟은,

새끼고양이 손가락 물고 뒷걸음치네
아직 어린 새야
가벼운 새야
장미가 다 죽었다는 소식
알려지의 슬픔은 내일에게 맡겨.

튤립

너를 힐긋거릴 때가 있었다
네가 꼬마였을 적 지구에는 우물이 많았다
한 여인이 열녀가 된 곳도 우물가였다
순한 남편이 죽었고
며칠 동안 방안에 갇혀있었고
지친 몸을 이끌어 우물 속으로 미끄러진다면,

언니는 꿈에서 자주 허공을 난다고 한다
발이 땅에 닿지 않는 기분
나는 그 기분을 몰라
처음 자전거를 배울 때
모퉁이를 만나면 우물쭈물하다
자전거에서 내리곤 했다

지구를 끝까지 달리는 동안
물속을 헤쳐 나오는 꿈을 꾸고
아침 토끼처럼 우물을 껴안았다

수몰지구 같은,

무덤덤히,

젖은 고무장갑
하나씩 쏙쏙 잡아 빼는

쏴아 잠기는

각설탕

일주일치 축복을 받은 여름성경학교 아이처럼
당신은 보이지 않는 비를 보고도 좋아라 했다
아무도 모르게 의자를 토해냈다

보물찾기하는 아이는 종종 사라지고 없었다
빗속을 아무리 찾아도 퉁퉁 부은 눈

당신은 손안에 든 의자를 조각조각 털어 넣는다
혀끝으로 무슨 고민을 섭취한 것 같아
젖은 몸을 간신히 닦는
저녁 여섯 시 삼십 분

동서남북 종이접기처럼
자꾸 나를 부르는
사각의 기억

머릿속 울리는 듣기 좋은 빗소리
사각사각

의식은 숭고할수록 좋다
숨소리 점점 거칠어지고

댕강나무

너의 인사는 목마른 어둠을 걷어낸 는비
머리칼은 고불고불한 오솔길
나는 새에게 주머니를 하나씩 꺼내 보이고
새들이 흘리고 간 바람을 주워 담는다
너머의 세계를 그리워했지
물빛이라 계속 담을 수 없었어
채 썰어진 자잘한 생강 같은 생각들이
수액처럼 주머니 속으로 천천히 흘러든다
검붉은 구슬 같은 빗방울이 울컥거리는
바람의 주머니를 어루만지며
허공에 뚫린 노래를 마신 적이 있어
목이
긴,
너를
만날까 봐
시린 손끝 빨간 털장갑에 붙은
철 지난 해수욕장 막대사탕 같은
진실은 묻어두고 싶었어
초점 없이 흔들리는 카메라

히말라야시다 숲길 까마귀 떼

콕콕 찌르는 가시

밤새 연초록 치즈 같은 기침을 구워 먹는다

업데이트

어느 강가
개개개개 삐삐삐삐…

개개개개 삐삐삐삐…
빙글빙글 돌아앉으며

개개개개 삐삐삐삐…
개개비 연꽃이 핀 걸 알았구나

제4부

merry-go-round

네트 오버

　도덕적 타락은 전횡이라는 그물망을 뚫고 하늘 높이 치솟았다 겨울 해가 지는 속도로 도시는 마천루를 따라 시공간이 늘어났다 또 금세 줄어든다 미래는 지금이고 지금은 과거였다 셔틀콕을 돌려받기에는 겨울 해가 짧아서 우리는 뻐꾹새의 이름을 새로 짓고 잠자고 있는 생각의 알들을 깨운다 날갯죽지가 파란 혁명가는 시간에 쫓기듯 부랴부랴 호루라기를 돌돌 말아 구겨진 가슴팍에 푹, 찔러 넣는다 이리저리 흔들리는 뱃고동 이만저만 뱃멀미는 각오했지만 배꽃은 몰래 밤에 떨어진 듯 배꼽이 빠지도록 웃기는 일이지만 우주가 도와준다잖아요 도저히 이 세상 이야기는 아닌 듯 다음번 갈림길에서 통행세를 낼 이유는 없는 듯 그러니 이도 저도 아닌 외딴 숲에서 뛰쳐나와 세 번째 길로 모여 봐요 토끼는 두 번 귀를 접었고 사슴은 반쯤 눈을 감았어요 겁많은 오소리는 벌써 팽나무 그늘 밑으로 사라지고 없어요 종주먹을 쥔 채로 낯선 광장에 서 있는 붉은 곰은 커다랗고 시커먼 제 발등을 내려다보고 깜짝 놀랐어요 제가 아직도 붉은 곰인 줄은 몰랐거든요 꿈에서 깨어나지 않는 눈동자 위로 더펄거리는 탄원서가 보이지 않는 종소리 너머로 불타오르는 데도요.

시체의 손을 싸는 검은 헝겊

죽음학 강의는 의외로 재미있었지

햇빛은 뜨거워 등 뒤에 부는 바람
어디 갔다 이제 오니 지하계단을 타고 흐르는 보일 듯 보일
듯 보이지 않는 따오기 소리

바로 내 앞이었네 하모니카 구멍에서 샛노란 옥수수 알이
우르르 왜 떨어지는지

발길을 돌려 아침에도 저녁에도 오랜 계단 저기 저 사람은
돈 앞에서 연신 절을 하네

그늘을 상의하고 싶었지만 기다릴 수 없었네 사이프러스 숲
이 밤마다 무덤을 찾아가는 건 공공연한 비밀, 산불은 누가
수리했는가

나를 따라오는 다이아몬드 박힌 해골, 두개골, 죽어가는 환자를 그리는 화가, 아스팔트 숨 막히는 열기에 목말라 가로수 은행잎처럼 일제히 부르짖는 나부낌

 마냥 햇빛을 따라가는 까만 당신의 고개를 돌릴 수만 있다면,

대가야에서 신라로

　일찍이 사람들 바위에 젖은 몸 단풍처럼 살았지 궁상각치
우 너도나도 하나씩 이름 달고 오늘을 살지 벼랑 아래 투신
하는 모험가처럼 마음 바스러지도록 온몸 내맡기지 휘파람
같은 내 목소리 들리는지 내일을 살 순 없는지 공작새 무수
한 날갯짓 깃털 우는 소리 들리지 않는 빨간 전화 부스 지
금 이 자리가 아니라면 시험은 없다 버스 기다리는 길가 굴
다리 지나는 숲속에서 배웠지 밀려드는 들개 떼 누구의 고
민인가 물에 되비치는 물푸레나무 그림자 이유 없는 뿌리
의 마음 침착한 상담사 같아 앞발 치켜든 단풍 손가락 물방
울 소리 없이. 바람의 선물 평등하다 자전거 체인 소리 나
지막한 외로움 한 짐 등에 얹고 우륵, 젊은 머릿결 휘날리
며 온다 궁상각치우 세상의 이름들을 흥얼거리며

월광

  차세대란 말은 고추씨 사이에 끼인 아마씨 같은 것 내리
꽂히는 기체의 동력을 받아들여야 할 때 바람의 뒷모습은
그렇게 무방비 상태로 사라지곤 하지

  수취인불명의 우주탑승권이 온데간데없었다네 가슴에 품
은 메시지는 허공 방풍림을 향해 몇 날 며칠 흩어지고 말 것
을,

  그들은 산책의 종류가 즐비했다네 정장을 입고 빛나는 혁
대를 준비하고 각종 밤의 산책을 즐겼다지, 브라보는 전봇
대에게 충성을 바치고 고결한 예의를 마다치 않았지

  아마도 문은 벼랑이었지 더할 수 없는 안개가 짙은, 조종
사는 앞이 보이지 않는 상황을 인지하지 못했다네 순간, 밤
하늘을 울부짖는 트럼펫 소리가 환상처럼 들려왔지

행인들

오늘의 주인공들은 눈을 자주 깜박인다

아이가 아이를 죽여 시신을 해부한다는
오래전 비닐을 먹은 고래가 죽었다는
반경 30Km 속수무책 방사능에 노출된다는

흘깃,

서면 쥬디스 태화 빨간 하트 조형물 앞
서명전을 펼치는 발목 붉은 비둘기들

흘깃,

불발탄을 가지고 노는 맨발의 아이들
핵폭발 이후의 불꽃을 닮은 눈동자

누구도 처음부터 행동가가 될 생각은 없었을 것이다
오지를 지켜온 고목처럼 저도 모르게 악마의 꽃을 피우는

merry-go-round

진심을 판다는 전단지처럼 쓸쓸한
사랑이 독버섯처럼 들끓고 있다

푸른 숲이 믿을 수 없는
숨을 곳 없는,

아이가 저보다 큰 기타를 쓰다듬는다

비즈니스호텔

그날은
화창하고 한가로운 봄날일지도

희끄무레한 눈알을 담벼락에 고정한
바람은 쓸모없는 동작으로 외곽으로만 불었다

차량 가두방송은 알약의 용도를 홍보하기 시작한다

흰둥이는 먹고 토하고 또 먹고 토하고
사흘 밤낮 알약을 핥고
노란 빗물처럼 고개를 떨굴지도

빈집을 지키다 목줄에 매달린 눈동자
멀뚱멀뚱
대문이 열리기만 기다릴지도

마지막 지구의 벗이 되기로 한 듯
낙진은 쉴 새 없이 흩어진다네

소리 없고

냄새 없고

색깔도 없는 이상한 음악 같은

방폐장은 이성을 되찾기 어려운

침묵을 가장한 상자들

경계와 의심을 묻고 조심스레 다가온 들개처럼

꼭꼭 닫은 창문 틈을 비집고

기어이 들어선다

귀가 없는 토끼

빨간 거짓말처럼 오늘은 침묵한다

빙붕

검사실에는 책상 외에는 없었다
책과 의지와 나

우울이 심한 나는 수영을 배우기로 했다

나는 자유형을 고집했을 뿐인데
우울은 유창한 몸짓으로 나를 따라다녔다

모퉁이를 돌면 테두리가 보일까

나에게 있는 것과 없는 것을 찾아 헤매었다
꽁꽁 언 아이스크림 속살이 스푼의 의지로 드러나듯

빙붕의 디데이는 묵묵한 바다만이 알고 있을까

다람쥐 공원에는 우울이 앉기 좋은 평상이 있다
다람쥐의 행방은 알 수 없는

그림자들이 나뭇가지를 흔들고 있다

어스름밤은 신념을 내려놓기 좋지
모자와 신발을 벗어도 좋아
신비한 여름밤이니까

항상성

물길 따라 바람에 등 떠밀려
외발자전거를 탄다

시공간을 감시하는 메인 컴퓨터
고도마다 베이스캠프

해먹이 흔들릴 때
우두머리 늑대는 천천히 자전거를 기다린다

달리고 달리는
비에 젖지 않은 수평선 사이로 파란
안개꽃 피어난다

하늘보다 높이 떠 있는 바다

구부러진 앞발을 들어 올리는
얼룩무늬표범이 사라진다 해도
황제펭귄이 계속 출연하기 어렵다는

토마토의 호르몬이 쭈글해지는 오후
수호신 목걸이를 잃어버렸다
물길 번지는 고산지대 일곱 빛깔 소금호수

자동 온도 조절 장치가 고장 난 사내들
머리가 아프고 식욕이 떨어지고 잠이 잘 오지 않는
끝까지 달려온 벼랑
눈동자에 붉은 토끼풀 자란다

까마득한 하늘을 향해 쏟아지는 별들

모아이 석상처럼 버티고 섰다
뿔치기하는 숫양들의 외침

범어사 대웅전 뜰아래 욕망의
실루엣 울퉁불퉁 흔들리는데

누구와 자율주행차를 타고 무슨 얘기를 나누고 언제 잠을
잘 것인가
달콤하다는 어떤 감촉을 놓치고 싶지 않아

바위의 시간을 펼치다 죽어가는 소나무 가지처럼
우리는 욕망이 뒤섞인 미래를 꺼내려 한다

캡슐 물방울을 각자 한 입에 털어 넣을 수 있는 용기의 크
기에 대해
빙하를 기다리는 캐나다의 잘나가는 모델의 뒤태에 대해
몇날 며칠 빛을 못 만나 죽기도 하는 유리 메기의 뼈아픈
고뇌에 대해

우리는 두 손 가득 녹빛을 받아 마신다
속살을 내보이는 빙하의 대꾸를 모르는 빙벽의 경계선 앞
에서

반환점은 빙하 호수로 하자

금정산 해발 500m를 생각하다가
퓨어워터 용암해수를 곁눈질하다가
에비앙 생수를 든 두 손

오늘 팔려갈 석상은 일자로 뚜렷한 눈과 뾰족한 입술을
가졌네
물빛 그림자 간밤의 꿈처럼 눈동자에 고여 있는
쓰레기 섬을 건너온 고양이를 닮았네

이 세상 모든 색상을 섞으면 아무것도 보이지 않아요
색채학 교수의 입술이 붉어질대로 붉은 모란처럼 벙긋

허리케인에게 압도당한 자작나무 단풍잎이 탭댄스를 추
는 앞마당

눈을 비비고 싶어
손을 찾는 한나절

환절기

레고를 끼우듯 옆으로
퍼즐을 맞추듯 아래로
위로 불 하나 들어오고

너는 창문처럼
덜컹거린다

A18호,
스카이고시텔
문이 열린다

감자는 또 싹이 났다

사전연명의료의향서

　요즘 흑장미들은 웰빙웰다잉 붐을 타고
　사전연명의료의향서를 지닌다 수의에 싸인 바늘땀의 촘
촘하고 계획적인, 죽음은 막막하다 끝 간 데 없이 두드리는
문이다 흰 장갑을 낀 마귀들은 공원을 지키는 회양목 곁을
맴돈다 일정에 없지만 생각나는 사람을 만날 수도 있다 우
체부일까 스치고 지나가는 허공을 향해 일곱 개의 질문을
다 사용하면 슬픔은 목요일에 깨어진 물병처럼 날카롭다 하
얀 봉투는 사라지는 얼굴, 사라지는 증인의 시간

　닫힌 사슴의 눈동자를 열면 나를 기다리는,
　도로는 벌써 이글이글 익을 준비를 끝내고

복지회관 칸타빌레
–여름

늦은 점심을 먹고 도서관을 나서는 김 노인은 의식적으로 꼿꼿해요 이제 막 소나기 지나간 들판 체감 온도가 높은 오늘의 날씨 보도블록 사이끼어 사는 풀처럼 몇 년째 뿌리를 숨기고 사는 무심함을 깨워 보고 싶어요 여자는 털이 안 나는 줄 알았다는 남학생들의 조잘거림을 듣는 오후 지퍼 사이로 튀어나온 스프링 노트, 무슨 시간의 비밀이라도 숨었을까

'너는 참 웃는 모습이 예뻐.'

휘갈긴 말 꼬랑지 같은 필체를 닮은 아이들 칠월의 상상은 흐르는 강물처럼 그때의 겨울을 상상해요 해는 떨어질 줄 모르는데 지리산 맑은 샘물을 홀짝이며 투명한 가방을 고쳐 멘 김 노인이 가는 곳은,

신원 조회

암막커튼을 열자 창문이 나를 쳐다보고 있다 벵갈고무나무 손바닥을 펼친다 (규칙적인 베란다를 배회하는) 세탁소를 다녀온 분홍 스웨터 바깥을 향해 주파수를 맞춘다 문어의 빨판처럼 냉장고는 잡음을 빨아들인다 여세를 몰라 나는 (어깨에 달라붙은 잠의 레이스)를 벗어 던진다 음악은 나를 새나 물이나 숲으로 변화시킬지 몰라 살아있는 문어가 가스레인지 곰솥 안에서 엉킬 때처럼 오늘도 내 팔다리는 요동칠 것이다 (바람과 구름의 농간이 아니라면) 종일 레고 안에서 놀 수도 있다 밤은 나를 적시는 이야기를 비바람처럼 들어주었다 비로소가 흐르는 조용한 대낮 가짜 뉴스에 홍당무를 키우는 사람들 맨드라미에서 흘러나오는 거짓 웃음을 알게 되면 실마리는 두드러기 난 얼굴 '차 좀 빼 주세요' 적의 진영에서 신호가 온다 아, 옆집 사람 이 남자였구나 주차장 하얀 고양이는

오죽

　강물이 한바탕 r의 깃을 털고 있군요 벌레들이 또 새를 잡은 모양입니다 지난봄에도 지지난 봄에도 레일바이크는 꽃양귀비의 비명을 먹고 자랐습니다 유월 병원은 살갗을 뚫고 나온 가시의 분노를 어디에 두었을까요 찔레꽃 무더기 속 요란한 퉁소 꼬리가 보여요 e-터널이 깊어질수록 고양이는 점점 눈동자가 커졌어요 고양이 눈동자 속 비밀을 열어 보고 싶은 이가 한둘이 아니예요 부드러운 가시바늘로 살살 고동을 파내듯이 말입니다 달리 할 말이 없군요 터널을 벗어나자 시간이 멈춘 것 같습니다 바람은 네모의 결심을 알아챈 지 오래 분노를 지키는 오죽은 없는 바람에도 흔들립니다 네모언덕을 구르는 조약돌은 단단한 바람에도 제 몸을 굴립니다 두륜산 흔들바위처럼 말입니다 저기, 잿빛 안경을 쓰고 길목을 지키고 있는 고양이, 고양이들

거친 숨결의 시인, 살아있음의 긴 호흡

김남영
(문학평론가)

1.

그녀의 여행은 도전적이다. 그런 그녀가 내게 사진(시)을 보내
왔다. 나는 그녀가 지나간 길을 상상으로 쫓는다. 그러다가 매번
어느 풍경에 이르러 길을 잃어버린다. 막다른 길, 그 길의 끝에서
풍경은 기원을 은폐하고 있었다. 그녀가 찍은 사진(시) 속에는 도
저한 좌절과 슬픔이 음영처럼 드리운다. 사진 속 풍경은 끝까지
자신의 내면을 감춘 채, 거리를 두고 날 오라고 손짓하지만 나는
여전히 가까이 가질 못한다. 하여 난 그저 저 풍경을 바라만 보는
풍경으로만 인식할 뿐이다. 저 풍경 속으로 걸어 들어간 그녀. 시
집 한 권을 세상에 내어 놓고, 날숨과 들숨을 내쉬며 시적 풍경
속으로 아니 스스로 풍경이 되어 버린다. 마치 시가 제 스스로 내
게 찾아와 놓고는 그에게 말을 걸면 언어의 흔적만을 남기고 마
법처럼 사라지는 것처럼. 고백하자면 그녀의 여행(시) 앞에서 나
는 눈이 멀었다.

가보지 않은 곳으로의 안내, 낯선 세계로의 초대는 두려운 일
이지만 늘 새로운 일이기도 하다. 박솔 시인의 시적 언어, 그리고
문장들은 모두 낯설다. 낯선 문장들의 출현은 낯선 감각들로 우

리를 안내한다. 우리가 일반적으로 합의한 문장 구조에서 벗어나 뒤틀린 문장, 비정상적으로 짜여진 문장들을 대면할 때 우리의 사고는 정지당하고 지연된다. 말하자면 그녀가 보내온 사진은 익숙한 듯 보이나 통속적이지는 않다. 낡은 편안함과 익숙한 언어로부터 탈출을 시도한 그녀의 시는 알 수 없음과 보이지 않음의 자리를 대신한다.

시가 무엇인가를 대신할 때 시인은 영매가 된다. 대상을 '위하는' 방식이 재현이라는 위계에 그친다면 '대신하는' 방식은 대상을 현현하게 한다. 그녀가 부리는 언어는 매번 우리를 낡은 원근법으로부터 세계와의 동일시를 꾀하는 시선의 소실점으로부터 멀어지게 만든다. 일반 언어에 익숙한 우리는 결국 그녀의 시 속에서 길을 잃어버리기 쉽다. 그래서 박솔 시인의 시집『숨』은 과거와 현재의 시차 속에서 진동하는 진통이 그렁그렁하다.

말하자면 박솔 시인의 시는 과거의 서정시와는 다른, 친숙하면서도 낯선 감각들을 표현한다. 이른바 내 안의 사유와 감각이 외부적인 감각과 부딪치면서 그 불화의 지점에서 사고를 정지해달라는 긴박한 요청으로 나타난 문장들. 그 문장들 사이를 이성으로 이해하려하면 그것에 저항하듯 다양한 사물들의 목소리가 발화하기 시작한다. 전통적 서정시에 익숙한 독자는 여기에서 의문을 품는다. 그녀의 시는 치환이라는 시 특유의 미덕을 갈라 치면서 무심한 듯 보이는 일상을 전도된 암호로 바꾸어 놓는다. 우리는 왜 이런 작업이 가능한가라는 물음과 함께 시의 전언에 대한 일체의 사고는 끊임없이 지연된다.

지연된 감각을 시인은 왜 시로 표현하려는 것일까. 우리의 감각적 인식이 문제가 있어서 일까. 아니면 외부라는 감각이 도래할 때 생기는 변환의 문제인가. 이렇게 감각을 대상화하면 감각의 문제는 감각이 외부로부터 오는 것이라는 자명함과 그 감각을 인식하는 것은 결국 나밖에 없다는 무기력함 사이에서 끝없이 순환하는 듯이 보인다. 생각해 보면 우리가 사는 일상은 과연 이해가 가능한 것인가. 아마도 기존의 서정시가 말하는 '세계의 자아화'가 한계에 봉착했고 그녀는 '세계의 자아화'라는 차가운 명제 앞에서 좌절했을지도 모른다. 시인은 바로 이 지점에서 일상 언어가 지닌 언어의 한계를 되묻는다. 반복하건대 그녀는 새로운 풍경의 발견이 결국에는 상징계의 자장 속으로 휘말려 들어가는 어떤 비극을 목격했던 자이다.

그 현장에서 말하는 자, 그 자는 분명 안락한 자리에서 타자들을 공감하는 주체, 즉 나르시시즘적 주체와는 거리가 멀다. 그들에게 손을 내밀고 자신의 자리를 벗어나 그들에게로의 지난한 여행을 하는 자이다. 이 자는 서정적 공명을 찢어내고 서정적 자아의 시선을 박탈한다. 음성과 시선은 부재하거나 분열된다. 이것이 박솔 시인의 시세계의 궁극적 파토스다. 그 비극은 일반 언어가 지닌 한계, 자명한 언어가 지니는 어떤 비극을 함축한다. 그리고 그 세계란 무심히 흘려버린 타인들의 상처와 슬픔이 얼룩진 세계이다. 나아가 먹고 살기 바쁘다는 이유로 타인의 고통을 외면한 우리의 얼굴이 투영된 세계이기도 하다.

2.

나는 그녀의 첫 시집 『숨』을 몇 번을 두고 읽고 또 읽는다. 무심히 그녀의 시를 읽다가 몇 번이고 멈췄다. 실재와는 다른 뒤틀린 문장 구조에서 오는 난해함은 그녀의 시 전면에 흐르는 환상의 의미를 이르집는 역할을 한다. 시에 나타난 환상은 행복과 불행 사이를 관통한다. 그때 발생하는 긴장은 두 번의 "숨"쉬기를 통해 형상화된다. 그러나 그 숨이 유지되기 위해서, 혹은 행복의 선물을 얻기 위해서는 불행으로 싸인 포장지를 먼저 대면해야 한다. 행복의 숨결은 끝없는 불행의 숨결을 직조함으로써 행복의 환상을 일구어 낸다면, 행복하기 위해서는 가장 깊숙이 자리한 불행이라는 것의 공격을 정면으로 받아내야 한다. 나에게 떨어져 나간 그 불행이 나를 공격하는 그런 적대는 지속적인 사유의 대상이다.

내가 알고 있는 인식이란 매우 편협하여 나의 사고는 그녀의 시 앞에 오롯이 정지되고 사유는 지연된다. 정지되고 지연되는 것들 사이에서 이미 죽어가는 것들, 잊힌 존재들에게서 여린 호흡을 읽는다. 보이지 않으나 아무나에게 다 있는 것, 그 숨이란 것의 하중은 이렇게 자아를 넘어 타자들에게로 향하는 특이성이다.

> 공장장은 불을 통제하였다
> 아침은 빠르게 저녁은 느리게
>
> 손끝 에너지 장착하고
> 타이머 목걸이 목에 걸고
>
> 숫돌에 힘을 뺄 때 날선 감각이 다가오는 것
> 넘치지도 부족하지도 않게
>
> 북극고래들은 거대한 불의 풍랑을 헤치고
>
> 어긋난 철로 앞 가까스로 멈춰 선 기관사처럼
> 온몸 마른 불을 털어내지 못하고
>
> 침팬지들은 여전히 불을 고르며
> 피 묻은 마스크 벗고 수술실을 나온 의사처럼
> 오일 향을 머금은 불의 독백은

노간주나무 사과 궤짝을 비추고 있었다

단순한 도넛에도 툭,툭
누적된 불의 피로가 시계의 흐름을 끊고 있었다

아이들은 불의 가면을 만지작거렸다

-「숨」 전문

그녀의 "숨"은 살아있음의 증명이므로 최초의 언어이자 최후의 언어인 셈이다. 그래서일까. "숨"은 날 것의 느낌을 준다. 맛과 향이 첨가되지 않은 날 것, 이 날 것에는 원초적인 향이 있다. 그 향을 일러 시인은 "불"이라 명명하고 나는 그것을 시어라 읽었다. 최초의 언어는 "불을 통제"하는 것이었다. 이 언어는 세상의 질서를 만들고 법과 제도를 만들었다. 하지만 이 언어는 매우 위험하다. 그래서 "타이머 목걸이"를 목에 걸고 시간을 분할하고 그 시간을 착취한다. 모든 언어들은 그렇게 시간 앞에 균질한 것으로 동일시 당한다. 하지만 박솔 시인이 생각하는 새로운 언어는 이에 적극적으로 저항을 하는데 그녀의 시어는 통제하려면 할수록 그 통제범위를 벗어나고야 만다. 그래서 최초의 불의 통제는 항상 실패한다.

반면 최후의 불은 날 것의 비릿함을 동반한다. "북극고래들"이 파도를 넘어서 오는 환상. 온건한 언어의 질서를 넘어 비로소 자유로운 "불의 독백"들. 비릿한 "오일 향"은 자명하고도 관념적인 언어의 벽을 타고 넘어와서는 "아이들"에게 원초적인 언어 "불(시)의 가면"을 선물한다. 아이들의 언어 그래서 또 하나의 최초의 언어는 자연의 본성과 닮아 있다. 하지만 일반 언어는 투명한 언어들이 우리에게 제 빛깔을 전해주기도 전에 "누적된 피로"감은 우리 삶의 풍요로움을 전해주기보다는 상상력을 고갈시키는 하는 하나의 사건이다.

그에 맞서 "아이들이 불의 가면을 만지작거린다"는 표현은 시가 지니는 "숨"쉼이요, 시어의 목소리의 회복이다. 인간과 자연 사이의 적대감을 시를 통해 극복할 수 있다는 관념적이고 추상적이지 않은 말들의 덩어리, 사물과 닮아 있는 원시 언어, 어쩌면 박솔 시인에게 저 "숨"은 아이들의 말, 원초적인 언어 감각의 회복일지도 모른다. 그래서 이 시는 박솔 시인이 생각하는 시에 대한 사유의 궤적을 우리에게 알게 해주며, 그녀의 시-쓰기의 시적 도정으로서 작용한다는 유의미한 시이다. 저 시에서 언급되듯이 일상과 비일상, 내면, 아이들이라는 세 개의 항은 박솔 시인의 시를 주도하는 운동세포들, 그것으로써의 작용 반작용들이다.

그런 의미에서 박솔 시인의 실험적인 기법들은 우리의 일상의 영역에서 포함되어 있지만, 배제당하는 어떤 사물을 지시하는데 효과적이다. 그것이 가능하게 만드는 조건은 주체를 고정하지 않고 주체의 자리를 잉여하거나 과잉하게 만드는 방법들이다. 이때 다성의 목소리들이 끼어든다. 시 「1/N」에서 "지금도 눈에 보이지 않는 눈코입이 중요하다 생각합니다"라는 전언은 "눈에 보이지 않는 눈코입"이 진실이 시작되는 지점이므로 타자를 온전히 자신의 시선으로 수렴할 수가 없음을 의미한다. 그러니까 제목이 시사해주듯 나와 너의 사랑은 처음부터 "1/N"로 공평한 것이 아닌 한쪽으로 경사된 것이었다. 나의 시선은 이때부터 처참히 분해된다.

그러나 자신의 시선이 느슨해지는 자리에 타자의 목소리가 불현듯 출현하듯 박솔 시인의 시 속에 출현하는 모든 것은 살아있는 것이자 그 속에서 스스로를 현시하며 빛을 던져 준다. "눈코입"을 볼 수 없는 이 새로운 진리의 거점은 인공호흡을 필요로 하는 허약한 주체를 호명하기도 하고 심폐소생술 실습마네킹의 시점과 목소리로 전환되기도 한다.(『프레스탄은 비틀거리는 거리를 듣고 있다』)

바로 여기에 시어가 지니는 정치적인 목소리가 시작된다. 시의 정치성은 사건을 한낱 시의 소재로 재현하는데 있지 않다. 완고한 주체의 목소리를 지우고 인간의 실패와 세계의 실패를 수긍하라는 전언에 기꺼이 굴복하는 것이야말로 시어가 지니는 정치적인 목소리이다. 인간이 만들어 낸 약속된 질서의 언어는 그래서 관념적이고 추상적일 뿐, 대상을 온전히 대신하지는 못한다. 이런 언어로 사람들은 대상을 위하여 울어주고, 대상을 위하여 연민한다. 그러나 나는 그들의 위하는 마음에 의구심이 든다. 의자에 몸을 기대어 그들을 위하는 길이 과연 정말 그들을 위하는 일일까. 대신하여 그들을 대신하여 말하고 행동으로 옮기고 실천해야 한다.

정치와 타자가 맞물려 탄생한 주체라는 개념은 항상 일반 언어의 위계 위에서 세워진 성채역할을 해왔다. 진정한 정치적인 의미, 다른 식으로 타자를 향해 가는 길의 충실함은 지성의 거부가 아니라 지성의 종속과 배우지 못했다는 항변과 죄의식에서 벗어나 시의 가능성에 대하여 사유하는 길, 그 길이 시에서 말하는 정치적인 것이 아닐까. 이때 시가 발설하는 공감의 역량은 서로가 기대어 언젠가 죽을 수밖에 없다는 한계를 인식하며 서로의 운명을 애틋하게 여기는 마음에서 탄생하지 않을까. 박솔 시인의 실험용 개구리에 관한 시 「제노푸스」이다.

퉤,
이것은 이상한 맛입니다

나는 아침마다 콩알만 한 소간을 먹었는데,
벌건 입천장을 채 다물기도 전
시침핀이 꾹, 내 발톱을 짓누릅니다
그들은 커다란 머리를 흔들며 슥, 내게 다가왔습니다
.......(중략)......
포르말린에 절인 메스, 시저, 핀셋
히익, 딸꾹질 소리...
예정된 칼부림이 곳곳에서 기다리고 있습니다
내 가슴은 기어이 열리고 말았습니다
엄마가 뜨개질해준 따뜻한 살점이......
이것은 내가 만든 이야기는 아닙니다
.......(중략)......
당신이 죽은 후에도
당신의 심장이 살아 숨 쉬고 있는 것처럼

– 「제노푸스」 부분

　실험용 개구리, 고유명이 기각된 이름, 오직 하나의 이름으로 명명된 제노푸스의 목소리가 아프다. 규칙(인간을 위해)을 벗어난 실존(예외없이 죽을 운명)은 진리(정말 인간을 위하는 길인가)를 가늠하게 만든다. 제노푸스의 목소리를 대신하는 위의 시는 실험용으로 만든 인공의 질서를 재확인하고 인간이 저지르는 악행의 현주소를 되묻는다. 개구리, 예외적인 목소리의 출현은 그래서 법칙을 허물고 인간의 기만을 꼬집는다. 누굴 위해 희생하는가에 대한 의식도 없이 살육의 정당화와 법제화된 폭력은 예의 "예정된 칼부림"으로 표현된다. 적법한 폭력이라는 수단에 기반해 성립되는 인간의 지배관계는 이토록 잔인하다. 눈여겨볼 점은 이 시가 단순히 폭력의 문제를 비폭력의 자명함으로 옹호하고 있지는 않다는 점이다. 개구리에 대입된 폭력의 역사는 인간의 역사와 닮아 있다.

분해하고 절단되는 신체훼손을 통해 공포심을 전시하는 역사의 한 단면이 저렇게 아프게 다가온다. 개구리의 절규를 대신하여 개구리 되기를 감행하고 있는 "당신이 죽은 후에도/ 당신의 심장이 살아 숨쉬고 있는 것처럼"에 실린 저 목소리, 죽음을 두려워하지 않는 저 무릅쓴 목소리, 절개된 저 심장에서 나오는 박동소리가 나를 공격한다. 흡사 내 입에서 발사된 침이 결국 내 얼굴에 쏟아진다. 감정이입도 이만한 것도 없을 듯싶다.

보이지 않는 구조적 폭력은 학교라는 현실에서도 작동되고 있다. 신자유주의적 경쟁 구조에 묶여있는 학생들을 대신하는 시인의 목소리는 학생들의 삶을 자본주의적 방식으로 포획하고 절대화하려는 어떤 힘에 저항한다. "나는 점점 멀어지는 창밖으로 흩뿌려진다. 궤도에 진입한 듯 벌컥, 문이 열리고 앞좌석에 한 석봉이 내린다. 아직 전할 말이 남아있다는 듯 조잘거리는 여학생들. 젖은 손을 감싸 쥐고 맞아 맞아, 고개를 끄덕이는 석봉이들./ 다음 내리실 역은……안내방송에 파묻힌 노래는 내일을 향해 달리고."(「야간자율학습」 부분) "석봉이"로 묘사된 이 시대의 아이들이 묘사된 이 시에서 슬픔을 느낀다. 자본주의 열차에 몸을 싣는 "석봉이"의 모습을 지켜보는 어떤 주체에게서 삶의 허무가 엿보인다. 근본적으로 연대를 상실한 그 지난한 인격적 결속을 자동문은 냉혹하게 차단한다. 또래의 아이들이 남기고 간 말의 흔적은 여전히 소음에 갇히고 말았으며 자본주의적 분열증은 파편화된 언어들 속에 침잠된다. "안내방송"이라는 정보의 더미는 말하는 자의 말소리를 압도하는 지나치게 높은 소리다. 사유는 고요함이 필수적이다. 고요함은 사라지는 목소리를 회복하는 시간이다. 그 시간을 "시간은 표식 없는 얼굴로 구덩이를 견딘다"(「학교폭력예방교실」 부분)는 무릅쓸의 시간으로 전환한다. 이렇듯 그녀의 시가 간직

하는 심연에는 말하지 못한 목소리를 대신하여 복원하는 힘이 작동하고 있다.

3.

그 힘은 사랑에서 나온다. 박솔 시인에게 사랑은 하나의 사건일지도 모른다. 잘 알듯이 사랑이란, 느낌을 나누는 일이다. 사랑에 빠져 본 사람은 사랑하기 전의 나와 사랑한 후의 나가 달라져 있음을 깨닫는다. 이전의 나와는 다른 나의 가능성이 발견되고 대상에 향한 사랑의 손짓은 좀 더 예민해지고 섬세해진다. 사실 사랑은 타인 앞에서 나를 전면적으로 없애는 자살행위와 닮아 있다. 자신은 지워지고 타자의 모든 것이 내 것이 되는, 그런 "되기"의 과정이다. 그러나 너무 아픈 사랑은 이미 사랑이 아니다. 공감되지 아니한 저 혼자만의 일방적인 사랑은 외려 부담스럽고 공포로 변하기 쉽다. 그러니 사랑이라는 감정은 혼자가 아닌 다른 누군가(사람이 아니어도 된다)와 함께 하기를 전제한다.

그래서일까. 박솔 시인의 시적 여행, 아니 그녀가 가는 길 위엔 말하지 못하는 것들이 나타나길 반복한다. 시 「말할 수 없는 비밀」에서 "이다"와 "다이"가 대화를 나눈다. "이다"는 삶이고 "다이"는 죽음이다. "이다"와 "다이"는 말 그대로 단어의 뒤틀림에서 비롯되는 생의 감각이다. 문면에 나타나듯 죽음과 삶은 쌍생아이다. 죽음의 공포를 견디는 "이다"는 사실상 "다이"가 있어서 외롭지 않다.

북극에 다녀올게
이다가 말했다

(영혼 1° 없는) 다이

입술이 퉁퉁 부었다

이러다가 곧 죽을 것 같아
이다의 두꺼운 가죽신은 자꾸 뒷걸음쳤다
토마토 외투 같은 다이의 얼굴이 바뀌고
칠월이 왔다

— 「말할 수 없는 비밀」 부분

　문장에서 "이다"를 삭제하면 정의의 권능은 정지되고 유보된다. 정의될 수 없음은 열린 공간으로의 도약을 가능하게 만든다. 예컨대 '무엇은 무엇이다'에서 "이다"에 괄호를 하게 되면 무엇은 무엇, 그 자체만 남는다. 이것은 정의되지 않는 무한대의 언어장 속으로 우리를 안내한다. 끊임없이 기표들이 충돌하고 불화하고 정의내리는 순간 언어는 미끄러진다. 결국 아무나가 저 빈 공백을 채울 수 있다. 유보된 "이다"는 과잉이라는 측면에서 죽음과 맞서는 힘을 지닌다. "북극"으로 간다고 말하면 "다이"는 죽을 것을 알기에 관심이 없다. 그러나 "이다"는 "다이"라는 모든 것을 원점으로 수렴하는 죽음에 맞서 자신의 삶을 건다. 시어는 이렇게 법과 제도에 자신의 모두를 건다. 이 모험은 규범화된 일상 언어의 층위를 가볍게 뛰어넘을 수 있는 힘을 지닌다. 앞서 자본주의적 생활 관계가 벌이는 참담한 비극을 봄을 기다릴 필요가 없는 "다이"에게 이 시는 얼마간 우리에게 견딜 수 있는 힘을 준다. 따라서 나는 "이다"의 권능을 분석하거나 그것의 원천인 삶에 대해 논증하거나 우리 주변에서 얼마든지 풍요로운 삶의 아름다움을 설명하기 애쓰기보다는 "다이"에게 다가가 "이다"가 구애하는 그 어떤 무릎씀에 대해 말할 것이고, "북극"을 주유하고 온 지나치게 추운 겨울을 경유한 "이다"의 고통의 기억, 그 삶에 대한 사랑을 말한 셈이다.

삶과 죽음을 유쾌한 역할 놀이로 전도한 시가 「말할 수 없는 비밀」이라면, 「원룸」은 불확실성과 불완전함을 있는 그대로 받아들이는 법을, 문법을 교란시켜가면서 언어의 완벽한 기만에 맞서 고투해 나가는 시로 형상화된다. 그런데 이 시의 배면에 드리워진 어둠이 '웃프게' 만든다. 웃으면서도 슬픈 그런 풍경이다. 이 풍경은 시를 읽은 이들에게 다가갈 공감을 요청한다.

여름은 지나가고 말 것이지만
우리는 가까워질 필요가 있다

부엌 창문으로 들어오는 햇살
어항 속 금붕어는 윙크할 줄 몰랐다

의자를 껴안고 종종 잠들었다
끈적한 수박의 단내처럼 달라붙는

나무젓가락은 너무 붙어 있구나
땅콩 잼을 바른 모닝 빵처럼 짧은 웃음이 난다

의자는 또 삐걱댈 테지만
너의 명랑함이 좋다

식탁 의자는 얼른 식탁을 껴안았다

– 「원룸」 전문

풍경이 완성되면 그 풍경의 기원은 은폐된다는 일본 철학자의 말이 있다. 시인은 이 은폐된 풍경을 상기하고 환기해 낸다. 잊힌 그 풍경은 일상과 너무 가깝다. 가만히 저 시를 들여다보면 말하는 주체가 나인지 너인지 의자인지 불분명하다. 아무나, 그렇다. 아무나가 저 시의 말하는 자가 된다. 의자를 껴안고 잠이 든 자, 나무젓가락처럼 포개어진 일상들, 먹는 입을 위한 빵조각, 가난함을 형상화하는 언어들은 왠지 정겹다. "짧은 웃음", 우리 시대 가난한 그들의 마음을 관통하는 저 웃음은 그야말로 사랑이다. 이 원룸의 이름은 "A18호, / 스카이고시텔"(『환절기』)이다. 낮엔 덥고 밤은 추운 지독한 시차이지만 "감자는 또 싹"을 틔우고야 만다. 우리는 어쩌면 저 고시텔 안에 삶을 지속하는 어느 사람처럼 내면에 "싹"을 틔우고 있었는지도 모른다. 저 싹은 우리의 욕망을 대신해서 해결해주지 않을까 하고 기대하게 만든다. 하지만 슬픈 정념은 우리의 삶은 저 은총과는 달리 기대의 지평에서 형성되지 않는다. 그리고 기대를 충족시킨다는 기능은 애초에 지니지 못했다. 그것이 웃으면서도 슬픈 이유다.

> 진심을 판다는 전단지처럼 쓸쓸한
> 사랑이 독버섯처럼 들끓고 있다
>
> 푸른 숲이 믿을 수 없는
> 숨을 곳 없는,
>
> — 「merry-go-round」

  일상의 사랑은 진정성을 그린 순수한 가면을 하고 있다. 사랑은 사태의 봉합이 아니다. "사랑이 독버섯처럼 들끓고 있다"라는 구절처럼 사랑은 들끓고 있는 진행형이다. 박솔 시인도 어쩌면 사랑이라는 영원한 숙제를 진행하고 있는 중일지도 모른다. 어느덧 「숨」에서 시작된 저 아이는 인생이라는 회전목마를 보고는 리듬을 낸다. 저 큰 기타에서 나오는 소리, 사랑을 부르는 소리다.

4.

타인의 고통을 위한다는 말처럼 가벼운 말은 없다. 시인이 우리에게 무엇인가를 보여주고 싶을 때 그는 타자가 되고 사물이 된다. 잊지 않기 위해 그는 직접 사물을 대신한다. 그 대신함이 우리에게 위로가 된다. 시-쓰기는 일종의 애도행위이다. 누군가의 상처, 자신의 상처를 시-쓰기로 대체하는 행위, 나아가 타자의 고통으로 직접 향하는 행위이다. 삶의 정상성을 위해 그이는 시를 쓰지만 완전한 애도는 전적으로 불가능하다. 따라서 시인은 주체를 폐기하고 사물에 기대어 타자들의 상처를 대신한다. 그래서 그는 계절이 되고. 회전목마가 되고, 누군가의 젓가락이 된다.

그저 자신을 보호하기 위해 자신의 무고함을 증명하기 위해 쓰는 시는 자위에 불과하다. 반면에 시인은 그들을 대신하여 시를 쓴다. 대신하는 그 과정은 언제나 고되다. 하지만 그 고된 고투 속에서 진정 사물의 지평은 넓어지고 아픈 자, 고통 받는 자들에게 참 위로가 된다. 가혹한 현실을 넘어서는 박솔 시인의 시적 언어는 늘 애매한 자리에 있을 것이다. 이 애매함이 나는 매우 편하다. 규정적이고 규범적인, 언어의 감옥에 갇힌 사전적 언어들보다는 미끄러지고 구겨지고 썩어서 썩은 그 자체로 숭고한 시적 언어를 박솔 시인의 시편들에서 발견한 나는 행운아이다.

아마도 박솔 시인은 독학자로 남을 것이다. 주체의 자리를 지우고 아무나에게로 나아가는, 아무나를 의식하고 그들의 말을 대신한다는 것, 그것은 어쩌면 우리가 간절히 바랐던 민주주의적 실천이 아닌가. 묵묵히 그 언어들의 주술사를 응원한다.